句集

飛騨に生きる

髙木富子

文芸社

目次

平成五年　朝寒

工事跡忘れたる隅に石蕗咲ける

蟷螂やふいに飛び来てかくれ去る

足音に耳立てし居り冬の部屋

寒餅の水に灯ともる厨かな

朝寒の峠越ゆればわが生家

縁側に乾す座ぶとんや春祭

花びらの干すエプロンに貼りつきし

じつくりと草の根取りて土の顔

とりあへず梅ちぎり来て独り言

草かぶれの顔をかくさず旅行かな

秋の夜のさみしき時は絵の具買ふ

満月や寝て語りつぐ宿に在り

また独り軒の茶の木を刈り初めし

大根干し煮しめ供へし七回忌

おしやべりは大根漬でなをつづく

登りゆく山ひそひそと紅葉せり

床の間の芒に添へし青磁壷

古寺の紅葉一葉や砂庭に

干し布団叩く手刀老いてなほ

真直ぐに生きて枯れゆく芒かな

ひらき切る菊の一茎の黄なる挿す

父の日記繰り返し読む冬灯下

茫々と飛騨の山里梅雨に入る

ずんずんと土用も深む思ひかな

入道雲崩れ干し物とり入れる

新聞の匂ひを拡ぐ冬の部屋

一握の土のこぼれて葱の束

冬暁やロンドン市街見え始む

ひとり来し野山静かにそぞろ寒

場末まだ野あり枯葉を焚く匂ひ

冬菊を窓に閉ざして旅に出づ

山晴れもはかなくなりぬ大豆引

シベリヤを越ゆ寒灯の機内食

イタリア

朝雪にポンペイの町映えて明く

寿司つけて女の集ひ日脚伸ぶ

どの山も声を出さずに若葉萌ゆ

裏庭に草の根浮きて春の暮

夜の秋の蛇口細めて筆洗ふ

客あれば客間となりて暖かし

熱去りて食ぶ雑炊に亡母想ふ

黄水仙回らん板を待ちにけり

犬小舎の日除けとなりて柿若葉

青梅の実をびつしりと枝揺れる
朝涼の庭に降り立ち供華を折る
玄関にひまはり活けて客を待つ

オーストラリア　親愛なるロバーツ家

海染めてオペラハウスの夏夕日

スティーブ・ロバーツ

ブリスベン航《ゆ》くよ真夏の風強し

ベティ・アレキサンダーの家にて

シドニーの海の声聞くうす明り

オーストラリア　ベティ・アレキサンダー

走りゆく車窓の果てに夏昏む

エドー、ジェニー

ブリスベンビーチボールや父母涼し

夕深きエドー、ジェニーの夏料理

平成六年　盆の寺

人去りて鐘のひとつや盆の寺

霜の畑鎌一丁の忘れあり

栗飯の湯気の中より美濃訛

ゴンドラで下るナポリの冬しづか

庚申堂に語り続けて初日明く

片言へ電話はづむや春曇り

診察児の瞳に映る春の雪

帰省子の帰りしあとの枕かな

この冬の名残りの葱を刻みけり

春隣町費あつめの長話

大根を抜いてきれいな空迎ぐ

耕すを生きがひとして定めたり

帯解けばこぼるる疲れ初夏の風

梅雨晴の何か干さねば干さねばと

竹の子や空に向かつて丈競ふ

水槽に胸近づけて魚呼吸す

夏大根抜きし畑の湿りかな

思はざる失せ物棚に夏日差し

夜半梅山よりの風匂ひつつ
ゆるやかに日脚伸びゆく蔵の影
風邪の児に添寝の夜の肩さむき

黄水仙まばらに折りて墓参り

平成六年三月八日　故日下部英吉氏へ悼句
猫柳きらめきて君逝きませり

夜桜になほ未練あり廻り道

ドライブの窓にとび入る花吹雪

春耕の一人畑に光るなり

夜蛙の深草叢《むら》や木戸くぐる

言い合ふも親と子なれば暖かし

木の芽雨寝不足の目に優しかり

佛華切り梅雨の雫を払ひけり

立ち話我にかへりて草を抜く

手ぐしせりバックミラーに汗拭ひ

墓碑に水ゆたかにかくやほととぎす

茄子の馬足太々と荷を積めり

サングラス主婦運転の時にのみ

遠花火不意に浮かびし亡夫の顔

空蟬の爪立てすがる洗ひ桶

草とりし畑やしみじみ月下なる

栗ごはんほつこり盛りぬ子の碗に

フィンランド

初雪の降れりヘルシンキにつけば

オランダ

冬運河ハウスボートの下り来る

昼の月くるりと巻きて朴枯るる

枝下ろし拡ごる樹間涼を呼ぶ

盆過ぎて元の暮らしの水つかひ

赤とんぼ池の万波の照らふ上

すず虫のいのちのかぎり鈴振れる

朴の葉のみどり褪《あ》せつつ九月尽

ころげ落ち床に大根の大輪切

おのが影ふみて野道の秋通路

動くたび椅子のきしめりそぞろ寒

子離れのゆとりの日々よ文化の日

平成七年　花八ツ手

診察を待つ間の長し花八ツ手

木守柿のこして暮るる塀の外

落葉道笑みを交はしてすれ違ひ

きのこめし隣家に頒つ分も炊く

ど忘れのお愛想笑ひや年の暮

賜はりし冬至南瓜の一人の餉

黒豆のほどよき艶に煮上りぬ

自販機のつり銭ぬくし冬の駅

枯れきつて影のやすけき葎《むぐら》かな

岳出でし初日に向ひ深呼吸

冬闇の山路を来たり先づ灯す

幕切れのごとく雪降り今日終る

ひとりづつ雑煮の餅の数を訊《たず》ぬ

青き首摑みて大根抜きにけり

行きずりに声交はしけり寒月下

節分の豆を佛間の闇に踏む

寒の夜を名古屋の孫に長電話

バス停と蔵の間に梅ひらく

薬湯のほのかな香り冬籠

庭木みな綿帽子かぶる雪の朝

停電や春雷縦横無尽なる

塩漬の山菜もどす春祭り

ふるさとの木々の芽吹にむせびけり

一碗の甘酒熱し庚申講

スーパーの前もつぱらに陽炎へり

白粥にみどりを散らし春の風邪

街角に鯛焼き買ひぬ春の雪

蒔かぬ種選びてゐたりたなごころ

若草に靴を拭へり後めた

七色の野菜のごつた煮春近し

早春の家ひんやりと独居かな

春うららどの畑にも人がゐて

夏の蝶パーマを掛けし頭の前後

用なきを電話の二、三夏曇り

ねんごろに荷の紐解くや柿若葉

手を引かるる歩みや蟻の列のあり

月更けて桜さざめき合へるかな

蕗のたうひそと芽を出す庭の隅

花つくりゆたかに暮らす余生かな

やはらかくチャイムの流る春の庭

ノルウェー

ベルゲンの登山列車へ滝しぶく

北欧　フィンランドへ

バルト海航くよ白夜のうす明り

愚図《ぐず》る子を背にして散歩夏椿

六月や犬は木陰を楽しみて

山形県詠歌

空港は白南風強し髪乱る

平成八年　遠会釈

夏風邪に一人臥しつつ句を案ず

走馬灯消して寝に入るひとりかな

山沿ひの芋畑の草ひとり取る

地下街に下り真夏のめまぐるし
バリウムが胃を跳梁す梅雨ぐもり
畑打ちに見知らぬ人の遠会釈

朝日差し瓜の芽ばえの浮きたちぬ

フラメンコ汗を捧げて声高し

イベリアの半島夏の風強し

闘牛や真夏の歓呼土煙

パリの初夏画廊通りに人多彩

ロカ岬《ポルトガル》怒濤の中や雲の峯

梅雨晴れ間テニスボールの音軽し

峠路くれなゐけぶるねむの雲

傘ひろげ登る石段滝ひびく

盆の径庭より畑へつづきをり

ゆく夏の夜風に遠き盆踊り

今日もまた畑の草とり始まれり

登園児水着袋を皆提ぐる

夏すずめ雲にこぞれり神《じん》手《で》山《やま》

沸き減りし麦湯濃くなるあさぼらけ

百日草畑に咲き満ち門明る

犬にもの言うて一人の秋の朝

朝露やかすりモンペで草を刈る

鶏頭の枯るるとは色深むこと

捨つるべきものに囲まれ九月の部屋

畑の人に収穫を問ひ天高し

夕端居雑木山より風の来る

人知れず風に寝返る秋の草

大根蒔く土掘り返し新たなる

秋涼し掌上で切る絹豆腐

二合の米磨ぐわびしさよ今朝の秋

ひと言を胸に書道や秋の夜を

友の書の前にまた来ぬ文化展

パンの耳こんがり揚げて秋日和

海知らぬ山の主婦らの茸飯

静けさに浸りてゐたり秋の浜

オブラートにつつむ粉薬すきま風

立枯るる種を鶏頭こぼしつつ

雨音に目覚めて夜の長きかな

間引菜を両手に戻る朝の背戸

風の意のままにコスモス吹かれをり

生《あい》憎《にく》の冬台風や島めぐり

何とまあ横倒しなる秋の船

積草にこほろぎわづか残りゐる

平成九年　炊煙

秋の雨めりはりつけて今日終る

よく遊ぶ児の背の前後バッタ跳ぶ

なるやうになつてゆく日々秋の暮

大根の恵みの雨に伸び伸びと

遍路径風になじみし萩すすき

霧とざす山路けはしき札所寺

参道にぬつと一本曼珠沙華

捨て切れぬものにこだはり冬の部屋

ふんはりと浮きくる幼児冬日和

アルバムに若き日のわれ夜長かな

恙がなく護符貼り替ふや年送る

七五三和服の二人靴履きて

草やきの煙むらさき列車ゆく

一人居の気安さになれ去年今年

頂きし干柿によき番茶かな

高野山家とびとびに柿の里

宿坊に声なく臥すや夜の秋

炊きあげし飯のにほへり今朝の冬

父の香の残る辞書なり冬灯下

初雪や南天深く辞儀なせり

初鏡老いてますます母に似る

着ぶくれて待合室に受診待つ

日の落ちて長き冬来る飛騨の里

土佐と伊予山連なりて鰯雲

秋遍路ケーブルの中みな真顔

音立てて節分の豆掃除機に

夜まはりやひとときは吹雪激しくて

雪の夜の電話の遠し風ひびく

エッフェル塔早春の空深く刺す

人の買ふ秋刀魚を我も買ひにけり

風邪に臥す真昼の音に囲まれて

長き夜の畳にこぼす粉薬

夫逝きしあとも音して落葉降る

寄鍋の湯気の向うに孫と娘と

着ぶくれが犬一匹に引かれゆく

平成九年一月十日、故山口綾子氏へ悼句

ありし日の面影浮かぶ今朝の雪

置き忘れ猛暑の故にしてしまふ

ストーブを仕舞ひて広くなりし部屋

ヒヤシンス花瓶に挿して昼深し

ただ一人神手山《じんでやま》見る寒さかな

久に来し子の明るさよ冬苺

すぐそこに春が来てをり歩くなり

たこ焼きのぬくき倖せ持ち帰る

畑打つて土ににぎやかに前隣

換気扇炊煙流す春一番

帰るなと握る手温し幼なき子

雑布の針目揃はず春の風邪

二月の雑煮もひとり暮らしなる

街灯のかげの豊けさ春深し

紅梅の匂ふ月夜をポストまで

踏切に電車待つ間を春の風

平成十年　縁側

縁側に並べて雛を納めけり

ちぐはぐの話も途切れ山笑ふ

北窓を明けて彼岸の風通す

寄鍋や友また遠き子を思ふ

夏めくや杉の木揺する風の音

髪型をちょつとだけ変へ梅雨の旅

孫の爪固くなりけり竹の夏

花柄の夏のスリッパ下しけり

作りたきもののひとつに朴葉寿司

オムレツに旗を立てたり子供の日

やすらぎて佛間に坐せり柿若葉

平凡な平和な町の祭笛

ややや派手に衣替へしてエプロンす

ねぎの苗畝にをさまり夏至る

座に着きてよりをにほへり洗ひ髪

快く靴下を脱ぐ薄暑かな

下萌やわが身叱咤し生きつがむ

新涼やわが身に距離をすこし置き

青梅やすこしのことに傷ついて

日のひかり抱きては跳ね柿若葉

今日のこと明日へのばして梅雨に入る

でで虫の歩みうしろを振り向かず

カルガリーロッキー山脈霧の中

セスナ機やグランドキャニオン夏赤し

炎天の金門橋や夢のあと

玉の汗ニューオリンズの帽子買ふ

陽炎へるスペースシャトルの中に入る

ニューヨーク炎天に摩しビルそそる

炎天下草のにほひの強くして

夕焼けに見とれて外にいつまでも

ワシントン白きドームに秋来たる

ナイアガラしぶける滝の中に立つ

ミシシッピー下る船より揚げ花火

草を引くいつも一人でありにけり

にんにくの掘られし跡の匂ひけり

ゆき会ふは子らばかりなり大夏野

沈丁花匂ひの奥に咲きにけり

独り居の一日の黙や走馬灯

飯炊いて旅の子を待つ夕端居

盆果てて人影もなし過疎の町

手花火を受くる馬穴に月映る

不揃ひの足がたつけり茄子の馬

とんぼ追ふ子等それぞれの声あげて
庭草ののび放題や盆来れど
お花畠身めぐりに風次ぎて風

今日よりはまた一人きり盆終る

遠き山近き山見て秋惜しむ

秋草に傾ける日の柔らかき

ポストへの三丁ほどや秋の草

良夜なり孫の電話の声はづみ

蒔きしもの一雨ごとに畝に育つ

平成十一年　ねぎ畑

天井にきしむ音する夜長かな

帰省子のまどろみてをり奥座敷

濡れながら喜雨の畑を見て廻る

大根をほめてしばらく話しけり

丸薬のすいと腑に落ち良夜かな

秋刀魚焼き馴れしひとりの夕餉かな

農小屋に句集一冊雁来紅

独り居の日々を袖なし編みつづく

虫の音の細くなりたり闇深む

秋草の手近きものを活けにけり

着て脱いで又着て幼な衣更

夜の長し旅の冊子を又見つつ

アルバムがさそふ旅心や秋夜長

湯豆腐のふるふると煮えふれ合ひぬ

雑巾を絞る手中に冬来たり

考へてゐて日の暮るること早し

ふつくらとタオルをたたむ冬日和

夜寒やワイングラスに手が透きて

佛壇の秋草種子をこぼしをり

町中が運動会に顔合はす

ふり向けば名も無き山も秋の色

紅葉みて「ひめしやがの湯」や友と入る

メモ通り予定こなして除夜の鐘

ひとり居のおくれおくれの年用意

美しく枯れよと萩に教へらる

また同じ人に会ひけり町師走

由布島

仲間川牛車へなびく秋時雨

宮古島海底の秋あきらかに

朴落葉音を重ねて積りけり

大根引き大根にある力かな

疲れややや残る勤労感謝の日

陽の布団ふくらむ午後の古時計

山暮れて早めに灯り冬めける

豆まきを鬼がせかしてをりにけり

佛壇の夫にも匂へ大根煮る

あれこれともらひ来て播く花の種

ふつつかな日を重ねをり着ぶくれて

粉雪の舞ふを胸裡に聴く夜かな

どの店も値引の小春日和かな

大寒や煮うどんの湯気たてて

着氷のカーブミラーに朝日さす

どの家も仕合せさうや布団干す

雪の傘さしかけ歩幅あはせけり

大寒の入りや施錠の音の鋭《と》し

着膨れを写す鏡を磨きをり

なつかしき人に逢ふごと雛飾る

菜の花のこぼれてゐたる畳かな

旅果てて車中に焼酎梅ひらく

新聞をはみ出る蕃かきつばた
刈り捨てしどくだみ夜も匂ふかな
わが肌に匂ひかすかに更衣

汗拭いて診察結果待ちにけり

板の間で八月の風遊びけり

空カンをときに蹴とばし草を取る

ねぎ畑に伸びきて南瓜成つてをり

こつそりと逢ふ枯草の匂ひかな

雨の日は雨の日の用ある師走

あとがき

母は、背中に大きな荷物を背負って私の手を握りしめていました。
「今なら汽車が通らない。お母さんと一緒に渡るんだよ」
飛騨川の岸を結ぶ鉄橋に面した吊り橋を渡りました。小学校三年生で名古屋の戦禍を逃れ、父、弟たちと約束した飛騨高山に向かう途中の光景が思い出されます。想えば、私と飛騨との運命的な出会いは、あの場所から始まったのかもしれません。

つれあいが病床に就いたとき、私は絶望と悲しみの淵にありました。我が子であれ、つれあい以外のだれにも救いようのない不幸を恨むことに尽きていました。つれあいの死後、人生そのものが路頭に迷い、生活と心の拠り所を求めていた私にとって、句はよろこび、悲しみ、そして願いとして生きることへの魂を蘇らせてくれました。憤りやさびしさの果てに、くらしの中で幾度も挫折しそうになったとき、〝うた〟を詠み表すことが私自身を励まし救ってくれたのです。

この句集には、つれあいが生前一緒に旅しようと夢見ていた地を一人訪れた時の句も加筆することにしました。小学生の頃、母親の郷里飛騨に疎開して以来、実に多くの人たちと出会い、ふりかえれば懐かしい情景の中で私は育まれていきました。今、こうしてまとめてみたものを読みかえしてみると、なかでも、限りない年月をともに過ごし実の親子以上の絆で結ばれてきた義父母、そして飛騨高山を愛し暮らした父母の姿がそこにはあります。

一九九二年十一月のある日、同じ町の友人から句会を催していることを紹介されました。その日の席題は「石蕗《つわ》」。このとき青風会の皆様に励まされ生まれた作品によって私は句を念ずるようになりました。さらに、「ともしび詩舎」鈴木公二先生のご指導には感謝の念にたえません。毎日のくらしを想い、飛騨を想い、亡きつれあいを想い、我が身に向かって詠んでいます。そして、私自身が生まれ変わるような一句に出会うまで詠みつづけようと思います。

末筆でありますが、拙句をとりあげ出版にまで導いてくださった文芸社の岡本憲治氏、中野憲芳氏、田口保範氏、田熊貴行氏、そして句への想いを深く理解し編集にあたってくださった中村美和子氏に心より感謝申し上げます。

二〇〇〇年八月　岐阜にて

高木　富子

（著者紹介）

高木《たかぎ》 富子《とみこ》

1935年　名古屋市生まれ。
終戦直後、飛騨高山に移り住む。
1954年　斐太高等学校卒業。
1958年　結婚。
　　　　二男一女の母となる。
1988年　夫、貞男死去。
現在　　飛騨南部に在住。

飛騨《ひだ》に生《い》きる

2000年11月1日　初版第1刷発行

著　者　高木富子
発行者　瓜谷綱延
発行所　株式会社文芸社
　　東京都文京区後楽2-23-12　〒112-0004
　　電話　03-3814-1177（代表）
　　　　　03-3814-2455（営業）
　　振替　00190-8-728265
印刷所　株式会社平河工業社

ISBN4-8355-0854-8 C0092